PAULA EN NUEVA YORK

MIKEL VALVERDE

PREMIO INTERNACIONAL DE ILUSTRACIÓN DE LA FUNDACIÓN SANTA MARÍA, 2005

PAULA EN NUEVA YORK
MIKEL VALVERDE

LECTORUM
PUBLICATIONS, INC.
a subsidiary of
SCHOLASTIC

UN DÍA QUE PAULA FUE A VISITAR EL EDIFICIO MÁS ALTO DE LA CIUDAD CON SU PROFESORA
Y SUS COMPAÑEROS DE CLASE, MONTÓ EN UNA NUBE QUE PASABA POR ALLÍ.
—HOLA, NUBE, ¿ME LLEVAS A DAR UNA VUELTECITA?
—¡CLARO, SUBE! —LE RESPONDIÓ LA NUBE.

DE REPENTE, EL CIELO SE OSCURECIÓ Y SE LEVANTÓ UN VIENTO MUY FUERTE.
TAN FUERTE, QUE SE LLEVÓ RÁPIDAMENTE AQUELLA NUBE HACIA EL NORTE,
Y LUEGO HACIA EL OESTE, ALEJÁNDOLA MUCHO, MUCHÍSIMO, DE LA CIUDAD.
PAULA NO SE DIO CUENTA, PUES AQUELLA NUBE ERA TAN SUAVE Y MULLIDA QUE,
EN CUANTO SE ACOMODÓ EN ELLA, SE QUEDÓ DORMIDA.

CUANDO SINTIÓ QUE LA NUBE TOCABA LA PARED DE UN EDIFICIO,
PAULA SE DESPERTÓ, BAJÓ DE LA NUBE Y SE DESPIDIÓ DE ELLA:
—¡ADIÓS, NUBE, GRACIAS POR EL PASEO!
—¡ADIÓS, PAULA! —SE DESPIDIÓ TAMBIÉN LA NUBE.

PERO ENTONCES PAULA SE LLEVÓ UNA ENORME SORPRESA...
¡ALLÍ NO ESTABA SU PROFESORA...! ¡NI NINGUNO DE SUS COMPAÑEROS!
¡NI ESTABA EN EL EDIFICIO MÁS ALTO DE SU CIUDAD...!

13

PAULA BAJÓ A LA CALLE Y VIO QUE LOS EDIFICIOS ERAN MUY ALTOS,
ALTÍSIMOS, Y QUE TODO EL MUNDO HABLABA IGUAL QUE MISS LETUCCE,
SU PROFESORA DE INGLÉS.

LOS CARTELES TAMBIÉN ESTABAN EN INGLÉS, Y EN UNO DE ELLOS LEYÓ:

BIENVENIDOS A NUEVA YORK

—¡VAYA, ESTOY EN NUEVA YORK!

LA CIUDAD ERA MUY BONITA. PERO DESPUÉS DE DAR UN PASEO, PAULA, CANSADA,
EMPEZÓ A ECHAR DE MENOS A SUS COMPAÑEROS DE CLASE Y QUISO VOLVER A CASA.
BUSCÓ A SU AMIGA LA NUBE ENTRE LOS TROCITOS DE CIELO QUE VEÍA
A TRAVÉS DE LOS RASCACIELOS…
PERO NO LA ENCONTRÓ.

PREGUNTÓ A UN GIGANTE QUE ESTABA ENFADADO
PORQUE EL EQUIPO DE BALONCESTO DE NUEVA YORK
NO LO HABÍA FICHADO POR EXCESO DE ALTURA.

PREGUNTÓ A UN VENDEDOR DE PERRITOS CALIENTES

Y A UNA POLICÍA RISUEÑA.

PREGUNTÓ A UN RUSO…

...Y AL ENCARGADO
DE LA LIBRERÍA HISPANA
MÁS ANTIGUA DE NUEVA YORK

PREGUNTÓ A UNA SEÑORA
QUE QUERÍA SER CANTANTE DE ÓPERA
Y HABLABA EN DO SOSTENIDO.

PREGUNTÓ A UN SEÑOR DE PUERTO RICO QUE SE LLAMABA VICENTE.

PREGUNTÓ A UNA HECHICERA, Y ELLA LE REGALÓ UN PENDIENTE.

PREGUNTÓ A UN COCODRILO ENAMORADO…

...Y A UN SEÑOR DE CHINATOWN QUE TAMBIÉN
ESTABA DESORIENTADO.

23

PERO NADIE SUPO DECIRLE CÓMO PODÍA REGRESAR.

EL MUNDO ES MUY GRANDE Y LA CIUDAD DONDE VIVÍA PAULA, MUY PEQUEÑA.

TAN PEQUEÑA, QUE NADIE SABÍA NI SIQUIERA DÓNDE ESTABA.

Y ASÍ SE SENTÍA PAULA EN AQUELLA CIUDAD LLENA DE GENTE:

PEQUEÑA Y SOLA, MUY SOLA.

SUS PIES LA LLEVARON A UN GRAN PARQUE, CENTRAL PARK,
Y ALLÍ SE ENCONTRÓ CON UN GANSO QUE, SENTADO EN UN BANCO, GIMOTEABA.
—HOLA, GANSO, ¿POR QUÉ ESTÁS TRISTE?
—SOY UN GANSO GUÍA Y POR MI CULPA TODOS NOS HEMOS PERDIDO.
AQUEL GANSO GUÍA DESPISTADO, JUNTO CON TODA SU BANDADA, SE DIRIGÍA A ÁFRICA.
ASÍ QUE PAULA —A QUIEN LE ENCANTABA LA GEOGRAFÍA— LE PROPUSO UN TRATO:
ELLA LOS GUIARÍA Y, A CAMBIO, ELLOS LA LLEVARÍAN A SU CIUDAD DE CAMINO A ÁFRICA.

26

PAULA MONTÓ A LOMOS DE SU AMIGO EL GANSO, Y GUIÓ A TODA LA BANDADA MUY LEJOS, HACIA EL ESTE, Y LUEGO HACIA EL SUR.

EN UN SANTIAMÉN LLEGARON AL EDIFICIO DONDE, ¡QUÉ SUERTE!,
AÚN ESTABAN LA PROFESORA Y SUS COMPAÑEROS.
—ADIÓS, PAULA —SE DESPIDIÓ EL GANSO GUÍA DESPUÉS DE DEJARLA
SUAVEMENTE SOBRE LA TERRAZA—. ¡...Y GRACIAS POR EL PENDIENTE...!
—ES MÁGICO, CON ÉL NO TE PERDERÁS NUNCA MÁS... ADIÓS, AMIGO.